太空少年 4
金星火山爆发

[澳大利亚] 坎迪丝·莱蒙-斯科特 / 著
[澳大利亚] 塞莱斯特·休姆 / 绘
毛颖捷 译

电子工业出版社
Publishing House of Electronics Industry
北京·BEIJING

Jake in Space: Volcanoes of Venus
First Published in Australia 2015 by New Frontier Publishing Pty Ltd
Text copyright © 2015 Candice Lemon-Scott
Illustrations copyright © 2015 New Frontier Publishing
Translation rights arranged through Australian Licensing Corporation
本书中文简体版专有出版权由 New Frontier Publishing Pty Ltd 通过 Australian Licensing Corporation Pty Ltd 授予电子工业出版社，未经许可，不得以任何方式复制或抄袭本书的任何部分。

版权贸易合同登记号 图字：01-2017-6969

图书在版编目（CIP）数据

太空少年. 金星火山爆发 /（澳）坎迪丝·莱蒙-斯科特 (Candice Lemon-Scott) 著；（澳）塞莱斯特·休姆 (Celeste Hulme) 绘；毛颖捷译. -- 北京：电子工业出版社，2018.1
书名原文：Jake in Space: Volcanoes of Venus
ISBN 978-7-121-32799-5

Ⅰ. ①太… Ⅱ. ①坎… ②塞… ③毛… Ⅲ. ①儿童小说－科学幻想小说－澳大利亚－现代 Ⅳ. ①I611.84

中国版本图书馆 CIP 数据核字 (2017) 第 238345 号

策划编辑：苏 琪
责任编辑：王树伟
文字编辑：吕姝琪 温 婷
特约策划：毛颖捷
印　　刷：北京天宇星印刷厂
装　　订：北京天宇星印刷厂
出版发行：电子工业出版社
　　　　　北京市海淀区万寿路173信箱　邮编：100036
开　　本：787×1092 1/32 印张：20.75 字数：531.2千字
版　　次：2018年1月第1版
印　　次：2024年8月第19次印刷
定　　价：120.00元（全套6册）

凡所购买电子工业出版社图书有缺损问题，请向购买书店调换。若书店售缺，请与本社发行部联系，联系及邮购电话：（010）88254888，88258888。
质量投诉请发邮件至 zlts@phei.com.cn，盗版侵权举报请发邮件至 dbqq@phei.com.cn。
本书咨询联系方式：（010）88254164（转1865），dongzy@phei.com.cn。

杰克一把扔下他的背包，四处看起来，他不敢相信自己真的在金星的空中酒店里。

"哇哦！这真是最好的奖赏。"一个声音说道。

杰克转过身。是罗里，他也刚随父母从火

星赶来。罗里说得没错——这个酒店比传说中还要不可思议。圆形的大厅，立着几根闪着金光的柱子，还有像黄金瀑布一样闪闪发光的墙壁。屋子中间有个流动的岩浆喷泉，是用闪亮的黑色岩石做的。地板也是黑色的，亮得能看到自己的倒影。但是没有人来带他们去房间，只有大厅弧形的墙边有一圈传送带在运转着。

杰克看看站在身边的父母，他们嘴张得大大的，好像要捉太空虫。这时，一株植物吧唧吧唧从杰克身旁走过。它伸出一条手臂，圈住了杰克妈妈的腿。她尖叫起来，杰克的爸爸使劲拍它，它才灰溜溜地走开了。

前气闸门再次滑开，是天天和她妈妈到了。她向大家打了个招呼，然后径直走到传送带旁边，把手放在了墙上一个小白方块上。她

妈妈也那样做。

内部通信系统传来流畅悦耳的声音:"两位客人,3353房间,谢谢。"

天天拿开手,把她和妈妈的行李放到了传送带上。两个包随传送带移动,直到一个小门打开,它们消失在门后。

"你怎么知道要那样做?"罗里问。

天天从太空服口袋里掏出平板电脑,打开后出现了一个酒店大厅的平面图。"这儿都有,在酒店介绍里。"她说着,无奈地摇摇头。

罗里茫然地瞪着她。

"去啊!试试!"

罗里拿起自己的包,走到传送带旁,也像天天那样把手放在了墙上的小白方块上。

"3352房间,谢谢。"

他的行李被迅速运走了。杰克也有样学样，被分到了3354房间。他们的父母紧张地跟着他们的指挥操作。行李被运走后，杰克听到前气闸门又开了。米莉跑进来，带着她的妈妈和继父。

"噗，"她喘着气说，"我想我们迟到了。"

"谁让你住得那么远。"罗里开玩笑，他知道从她家所在的悬浮城市到这儿只要十分钟。

她对他吐了吐舌头，然后瞥了一眼脚下，看见自己的倒影，便对着一尘不染的地板摆起了造型。"我还是无法相信我们能住在这儿！"

这帮孩子在机器人运动会上阻止了被遥控的机器人接管太阳系的阴谋之后，CIA（中央情报局）奖励了他们每人一张这儿的家庭

票。这是完成任务获得的最好奖赏！这提醒了杰克——他没有看到亨利——CIA的电子人，当然也是他们的朋友，他不是喜欢迟到的人。杰克刚要说话，米莉打断了他。

"哦，那是岩浆喷泉吗？"她激动地喊着，跑过去看红色的液体从喷泉中迸发出来。她伸出手去想摸摸流动的岩浆，但猛地缩了回来。

"啊！好烫。"

"那可是岩浆啊，米莉！"天天说，"你还好吗？"她赶忙检查米莉的手。

"我没事，"米莉说，"看！"她指向酒店的入口。

前门又滑开了。亨利终于到了，他不慌不忙地来到大厅，肩膀往前倾着，他看起来像个大海龟，那银色的背包就是他的壳。

"早上好，亨利！"杰克热情地说。

"好吗？"他发着牢骚。

"怎么了？"天天问。

"没什么。"亨利叽咕道。

"怎么啦？亨利，告诉我们吧。"罗里说。

"我被踢出来了，"亨利说，"他们让我休个假。"

"那并不意味着你被踢出来了啊。"杰克说。

"电子人从来不休假。"亨利坚称。

"好吧。反正已经放假了，那就好好享受一下。"杰克说。

"对啊，去看看咱们的房间。"罗里也说。

"很好。"亨利悲伤地说着，向传输带挪去。

"咱们怎么去房间?"杰克看着天天的平板电脑问。

"你觉得我们应该走那个楼梯吗?"罗里问。

杰克看向罗里指的方向。在大厅的尽头有一个巨大的螺旋式楼梯,但那是个没有台阶的楼梯,像滑梯,而且很高,高得杰克都看不到头。

"我猜是的。"杰克看了看四周闪闪发光的墙壁说,"除此之外看不见任何电梯或别的东西。"

"我无法想象咱们怎么爬上去。"罗里的妈妈评论道,顺便整了整她笔挺的套装。

因为火星上炎热的气候,他们都得穿上特殊的太空套装。杰克看了看自己的套装,他刚刚把它弄皱了。

"你的平板电脑是怎么说的,亲爱的。"天天的妈妈温柔地问。

天天上下左右翻了翻,然后耸耸肩:"我什么也找不到。也许我们可以问问?"

"问?"米莉的继父说,"这儿连个鬼影都看不到。"

米莉的妈妈戳戳他，小声说："别这么没礼貌。"

天天走到墙上一个大屏幕前，大声说："激活。"

屏幕亮了，一个漂亮女人的脸出现了，她嘴角上扬，脸上挂着紧绷的微笑。杰克注意到她的瞳孔是紫色的。

"欢迎来到金星空中酒店，"女人说，"我是你们的管家，瓦莱丽。我相信你们会喜欢这里的。"

杰克注意到她在说话的过程中表情没有任何变化，只是嘴唇在动，连她奇怪的紫色眼睛也没有变化。

"请问我们怎么去房间呢？"天天问。

"请走楼梯。"

说完屏幕就黑了。

"就是那条路了！"罗里宣布道。

"但我们怎么爬上去啊？"米莉愁眉苦脸。

杰克走向楼梯想靠近些看看。他走上前去，刚摸到光滑的表面，便突然感到一股热风，呼地一下，他被吸了上去。他沿着楼梯拐弯、旋转，最后被飞快地喷出，滚到了地上。太好玩了！他站起来，看到一个大石门。3354的数字门牌像蜡烛一样燃在门前。他得将这些告诉其他人。他往回瞥了一眼楼梯，但是距离已经太远了，根本看不到下面。他冲着下面喊："到楼梯那边！它会把你们带到房间的。"

不一会儿，他的妈妈和爸爸也被"吸"了上来。他妈妈站起来的时候理了理头发。

"好吧，这可不是最优雅的到达方式。"她皱着眉头说。

"但是非常好玩。"杰克的爸爸回答，对杰克使了个眼色。

杰克的妈妈忍不住大笑起来："对，还真是。"

"你有房间的钥匙吗，杰克？"他爸爸问。

"呃，没有……"他回答。

"哦，那也许，房卡？"

杰克这才意识到他没有获得任何打开房门的东西，实际上，他都看不到一个钥匙孔，或者是刷卡感应器。门前连着一个小台阶，他站了上去，把手放在门上，但是毫无动静。他注意到他上方有个白色的正方形，像传送带旁边墙上的那个。他把手放了上去。

瓦莱丽的脸瞬间出现在门上。"欢迎你，杰克。"

门转动起来,带着杰克一起旋转,直到他进到屋内。当他走下台阶,门又转了回去。过了一会儿,他父母也跟着进来了。

他们的房间简直比刚才的大厅还要奢华。有天鹅绒的长沙发椅,还有一张水晶餐桌,上面已经摆好了精致的银质刀叉和碟子。在屋子中央是一块圆形的有浮雕花纹的地毯。有两个巨大的卧室,被一个活动屏幕分开了。每面墙上,都有不断变化的3D宇宙图,数不尽的星星在闪烁着。

"哇哦!银河。"杰克说,"看起来好逼真。"

"可不是吗,"妈妈微笑着说,"我想知道有没有巨蟹座55e星的景色。"

话音刚落,屏幕就切换到了那颗钻石星球。它闪着耀眼的银光,实在太亮了,杰克不得不捂上了眼睛。

杰克喊道:"有没有黑洞?"

屏幕又变了。图像太真实了,杰克觉得自己仿佛掉进了那个太空坑洞的中央。然后他注意到了房间一侧的传送带,从一端出现,又从另一端消失。那上面摆满了不间断供应的食物,有杰克可以想到的所有太空零食。有荧光蛋糕、果冻球、蜂蜜汽水、口水爆米花和变形饼干,这种饼干的形状一直在变。

"饿了吗?"爸爸问道。

"你猜。"杰克向泰迪饼干走去,当他拿起来的时候,它已经变成了一个蜘蛛的形状。

"你吃之前最好洗洗手。"妈妈说。

杰克叹了口气,打开门进了洗手间,不由又倒抽了一口气。洗手间的地板是全透明的,他脚下是个池塘,里面有各种颜色的鱼。他趴在地板上,看着鱼群游过去,后面跟着一只黄貂鱼，甚至还有一只海龟。他站起来，看到角落里有巨大的大理石浴缸，里面已经装满了全是泡泡的肥皂水。据说水被循环加热，永远保持在一个舒适的温度上。他已经迫不及待地想试试了。

他走向水池，洗了手。当他想去擦干手的时候，一阵薄雾喷了出来。他嗅了一下，马上开始咳嗽。应该是香水，但是并不好闻！

"您需要润唇膏吗？"

他跳起来，四处看。声音是从哪儿传来的？他瞥了一眼镜子，吓得连退几步，差点被绊倒在海绵垫上。瓦莱丽正从镜子里看着他。

"呃，不用……我不需要唇膏。"杰克还处于惊吓状态，他闻起来已经很像个姑娘了。

"声音识别系统告诉我，你不是玛丽女士？"瓦莱丽说。

"我当然不是，"杰克气呼呼地说，"我是杰克，3354房间的。"

"请扫描您的手进行身份识别。"

杰克看看四周，发现门边有个和走廊上一样的白色面板。他把手放了上去。

"欢迎你，杰克。"瓦莱丽说，"你需要须后水吗？"

"不用，谢谢。"

杰克快速地打开门，走出浴室，在身后甩上了门。

他的妈妈看过来，她正吃着爆炸滋滋馅饼，嘴里嘶嘶作响。"你的脸色看起来有点苍白！还好吗？"她说话时，嘴里不时飞出一些泡泡。

"还好。"杰克有点结巴。

"你喷了……香水，杰克？"他爸爸在空气

中嗅来嗅去。

"是的。噢,不是!我的意思是,我不是有意的。"杰克申辩道。

"没关系,杰克,"她妈妈安慰道,"如果你想喷香水,我们不介意。不过,味道有点浓。"

杰克翻了翻眼睛,走向传送带,拿起了一个微型奶油酥皮点心。他把点心一放进嘴里,它就变成了松软的奶油蛋糕。目前为止,这已经是最好的假期了。在他吞着点心的时候,响起了敲门声。

"我想知道会是谁?"杰克的妈妈说。

"去看看是谁,行吗?杰克。"他的爸爸结结巴巴地说,他嘴里塞满了蜂蜜浸渍的香蕉。

杰克跑到门边,他希望门外是罗里。不过,门外站的是亨利,他的脚换来换去地拍着地面。杰克还没来得及说话,亨利就推开

门,径直进了屋。他向杰克的妈妈点点头,就往小厨房走去。他打开了小水槽旁边的垃圾槽。即使杰克离得很远,都能闻到那里发出的臭味。

"呃,太恶心了!我想有人把臭鸡蛋扔进去了。"杰克说着捂上了鼻子,"快把它关上,亨利。"

但是亨利却探上前去,向垃圾槽弯下身,大吸一口气。

"亨利!"杰克喊道。

"那不是臭鸡蛋的味道。"亨利说完便向房门跑去,站到台阶上,把手放在了感应器上。

"你要去哪儿?"杰克喊。

但是没等杰克得到答案,亨利就消失了。门在他身后转了一圈关上了。杰克转向父母,耸耸肩。

"你朋友有点怪怪的,是不是?"他妈妈说。

3

第二天早上，杰克在酒店大厅遇到了米莉、天天和罗里。他们预定了一个特别的观赏金星火山的太空直升机旅游团，10分钟后就要出发了。

"亨利在哪儿？"天天问道。

杰克环顾大厅，除了他们四人再没有别人。

"我不知道,"杰克说,"他昨天晚上很奇怪,跑到我的房间,样子怪怪的,然后又走掉了。我希望他能按时参团。"

"不知道他好不好,"米莉说,"CIA没有给他任务,他非常失望。"

"对啊,"杰克表示同意,"但这次不同。亨利走的时候看起来对什么东西很好奇。"

"他不会有新的什么任务了吧?你知道吗?"天天问。

"不知道,除非是个关于垃圾的任务。"杰克说。

没来得及解释更多,大厅的屏幕亮了。

"请移步太空直升机。你们的旅行将在5分钟后开始。"

当杰克上了直升机后,他简直不敢相信自己的眼睛。亨利坐在飞行员的位置上。

"你在那儿干什么？"杰克嚷道。

"还有，我们的导游呢？"罗里暴躁地补充。

亨利举起一个内存条，指了指直升机后方瘫成一堆的金属。

"导游出了点小故障。"亨利微笑道，"准备好旅行了吗？"

"你是认真的吗？"罗里抱怨道。

"请系好安全带。"亨利笑容满面，他看起来已经完全摆脱坏情绪了。

直升机离开地面，飞了起来，来到酒店和金星悬浮城市的下方。

太空直升机很快被厚重的金星大气层包裹住了。窗外没有风景可看，除了厚厚的红云。体验了奢侈的酒店之后，这趟旅行对杰克来说

就没那么有趣了。接着,当他们飞得更低一些,他看到了金星表面,有成百上千个低海拔的火山覆盖着它。大部分都是熄灭的,但也有一些正缓缓地冒着浓稠的岩浆,构成一幅血红色的图景。大量的烟升到大气中,火山边的岩石都像夜一样黑,冷却的岩浆凝固成了不同的形状。

"欢迎各位来到金星火山旅行团。"亨利拿腔拿调地说道。

女孩子们和杰克都笑了,罗里轻轻哼了一下。亨利飞过一个大火山,那火山就在酒店的正下方。

"哇哦!那是维诺火山!"天天说。

罗里把鼻子压到了窗户上:"真的假的!"

杰克从来没见过那样的火山。它比其他的火山都要大,浓烟从不同的火山口钻出来。亨利用一只手操作着控制器,另一只手从自己的制服里拉出了一个东西,那是个小的磁碟形状的东西。

"那是什么?"杰克问。

"是化学物质传感器。"亨利理所当然地说。

"是用来测气体浓度的。"天天说。

"对的。"亨利说。听上去他很高兴。

"所以你真的有任务?"杰克笑着说。怪不得亨利变得高兴了。

"不!并没有。"亨利一口否定。

"那你拿那个做什么?"

"我只是对火星上的气体浓度好奇而已。"

"你这个人可真是太无趣了。"罗里哼道。

亨利无视了他。"我会让飞机尽可能地靠近火山。如果可以,请你把这个尽可能靠近地表,罗里。"亨利把传感器递给罗里。

"我?"罗里问道。

"是的,谢谢。"亨利回答。

"为什么总摊给我最糟糕的工作!"他一边抱怨一边带着装置走向直升机的后方。

当他们靠得足够近了,罗里打开了机舱。一般硫磺的气味升上来,填满了直升机。

"太臭了。"米莉喊道。

"你最好快点,罗里,在我们晕过去之前搞定。"杰克一边说一边捂着鼻子。

"你最好上我这儿来闻闻。"他抱怨道。

他们看着罗里把传感器放下去,让它到达地表。他开始按照亨利的指示放开连接缆绳。这时,通信屏幕亮了,瓦莱丽的面孔出现在上面。不过此刻她看起来不太友好,正从屏幕里怒视着他们。

"你们正在禁区里。请马上回到旅行路线中。"

屏幕黑了。罗里还在忙着弄缆绳。

"我们得走了。现在！"杰克说，"放掉缆绳，罗里。"

罗里放开缆绳，传感器就落到了火山侧面。亨利把机器人飞行员的存储条递给杰克。杰克把它装进机器人歪着的头里。机器人马上就被激活，并接管了亨利的飞行员位置。

"欢迎来到金星火山之旅。请坐好，系好安全带。"机器人冷冰冰地说。

杰克不确定哪个情况更糟糕——亨利劫机并把他们带进麻烦，还是像现在这样和一个无聊的机器人进行火山旅行。机器人喋喋不休地介绍着飞机和他们飞过的每一座火山。虽然景色很美，但看了一会儿之后就难免觉得火山其实都差不多。

当他们经过第五十座火山之后,杰克宁愿他此刻双耳失聪也不想再听机器人继续唠叨了。其他人看起来也一样不感兴趣。米莉在编自己的头发,天天在平板电脑上玩仿真游戏,罗里看上去要睡着了。直升机一着陆,他们就跳了出去。亨利是最早解开安全带的那个人,门一打开他就冲了出去。他急急忙忙的,掉了东西也没发现。杰克想叫住亨利,但是他跑得太快了。杰克捡起那个东西,是个空盒子。他把它翻过来,它实在平淡无奇,看起来没什么特别用途。

"那是什么?"天天问,从杰克肩头探过来看。

"我不知道,"杰克回答,"是亨利的。我晚点儿会还给他的。"

杰克把小盒子放进了外套口袋,然后就把它忘了,直到这天晚上……

熟睡中的杰克被一阵连续的嘟嘟声吵醒了,他翻了一下身,声音还在继续。他拿枕头压住脑袋,但还是能听到那个吵人的声音。最后,他不得不从柔软的床上爬起来。杰克在黑暗中感受了一下四周,试图分辨声音的方位。嘟嘟声越来越大,直到他摸到了自己

白天穿的外套,声音是从那儿来的。他从外套口袋里拿出那个响个不停的东西,是亨利掉下的那个黑色盒子。

"亮灯。"杰克小声说。

没动静。

"亮灯。"他稍微大声一点说。

卧室的地灯缓缓亮了。他看看盒子,它还在响。他把它翻过来,想找一个关掉它的按钮或开关。但盒子上什么也没有。怎么才能让这个噪声停止呢?如果他要继续睡觉,只能找亨利了。他是唯一可能知道怎么关掉这玩意的人。

杰克套上外套,拿浴巾把盒子包上,赶在父母也被吵醒之前蹑手蹑脚地溜了出去。

不过到了走廊里杰克才想起来,他不知

道亨利的房间号。他决定先去问问天天,她的房间就在旁边。如果有谁知道亨利住哪儿,那只能是她了。唯一的问题是,他进不去。他把手放在传感器上,门没反应。他按了门铃,但是很久都没人回答。就在他准备要走的时候,门开了。一个睡眼朦胧、还带着起床气的天天出现在他面前。她抓了抓乱蓬蓬的头发。

"你在这儿做什么?"她小声说,"这可是半夜!"

杰克拿出了那个嘟嘟作响的东西,快速地解释了他的问题。

"在这儿等着,"天天嘀咕道,"保持安静。你不想吵醒我爸妈吧。"

一分钟后她回来了,拿着平板电脑。一个微型酒店3D地图在屏幕上闪耀。

"你怎么有3D地图的?"杰克说,"这几年

前就被禁了啊。"

"还是可以下载的，"她狡黠地说，"只要你知道哪儿能找到。"

她一间间翻着，直到一个微笑的亨利的图像出现。从那僵硬的步伐杰克可以一眼辨认出是他。

"你说他是不是从来不睡觉？"杰克问。

"不知道，"天天回答，"但他现在肯定是醒着的。"

他们在空荡荡的走廊里跟着3D地图前行。走到走廊尽头的时候，天天示意停下。

"我们得去底层。"她说。

"你确定？"杰克问。

"地图就是这么显示的。"

两人通过没有楼梯的楼道去往底层，也

就是大厅下面的一层。良久，他们从出口滚出来，四处打量。这里和酒店其他地方相比又黑又暗。

"就是这里。"她指着平板电脑说。

杰克看向平板电脑，然后又抬头看。"不可能是这儿，"他说，"你确定你的平板电脑工作正常吗？"

"它说亨利就在这里。"她回答。

"但这儿是地下室，"杰克分辩道，"地图肯定有问题。你不会真的觉得他在这儿吧？"

"我不知道，"天天回答，"不过，只有一个办法能解答。"

他们在昏暗的地下室摸索。在黑暗中很难看清方向，气味又令人作呕。杰克撞到了一些老家具，他忍不住叫了一声。

"亮灯。"天天说。灯轻轻亮了。

"我怎么没想到。"杰克咕哝道,摸了摸撞到的地方。

没有亨利的踪影,但是杰克看到这里放着一排排的垃圾桶,在角落里有一个清洁柜,背后是两个有着栅栏的大门。

杰克走向一个垃圾桶,打开盖子,里面是空的,但是肯定有十分恶心的垃圾曾经放在里面。垃圾桶散发着恶臭,比他上次一周没洗的袜子还恶心。他又走到另一个垃圾桶旁,也是空的。他走了一圈,发现所有垃圾桶都是空的。

"你说为什么放这些东西在这儿?"他问。

天天耸耸肩。"为了放垃圾。它们可能是被清空了。"

她走向一个垃圾桶,拉开盖子,把头探了

进去。

"呃,好恶心!我知道它是个垃圾桶,但是它闻起来比发霉的甘蓝菜还糟糕。"

杰克听到门嘎吱一响。"嘘!"他小声说。

清洁柜那边的门慢慢开了。杰克摆出了格斗的架势,虽然他这辈子从来没有练过拳击。有人从清洁柜里跳了出来。杰克看清是谁后,放下了手臂。

"亨利!"

"你吓到我了。"天天喊道。

"嘘!"亨利说,"我们不能在这儿聊天,跟我来。"

杰克和天天跟着亨利回到了他的房间。杰克很想知道这个电子人是怎么知道那个地下室的,又在那儿做什么。在路上,杰克把那个嘟嘟响的盒子还给了亨利。

"是你找到了它，我太高兴了。"亨利轻声说。他快速打开了盒子上一个隐蔽的分隔，关掉了它。杰克希望他要是早知道可以如此容易地关掉那个烦人的嘟嘟声就好了。

亨利的房间和杰克的看起来很像，只是亨利的房间里到处都是机器。亨利把黑盒子连到桌边的一个机器上。他打开了另一个装置，一个透明的玻璃屏幕升了起来。一系列绿色的线条出现在玻璃上，一开始线的走势很低，但慢慢越升越高。

"那些线是什么？"杰克说着，坐进一张极软的沙发里。

"它们显示的是气体浓度，我们放在火山上的传感器正在发回数据。如我所料，浓度很高，还在快速上升。"亨利说着，好像对他来说在午夜研究这样的问题再平常不过。

他拉出那块玻璃,把它安置在桌上,用手指追着上面的线,皱着眉头。

"哈?"杰克转向天天,"你知道他在说什么吗?"

天天摇摇头。

"高气体浓度意味着火山正在变得更活跃。如果它们继续这样上升,火山很有可能近期爆发。"亨利说。

"那你在地下室干什么呢?"天天问。

"那些垃圾桶发出的是硫磺的味道。我闻垃圾槽的时候就知道不对劲,所以昨晚我去找了臭味的源头。"他解释道,"垃圾桶是由一个垃圾车收来的。"

"那没什么奇怪的啊。"杰克说。

"不奇怪,但是那没有解释臭味是从哪儿来的。所以我偷偷跳上了垃圾车后面,发现垃

圾被带到了维诺火山,他们直接把垃圾倒进火山里。硫磺味就是从那儿来的。"

"那也许不是最好的处理垃圾的方式,亨利,"杰克说,"但是这和火山气体浓度有什么关系?"

"我认为是垃圾在某种程度上让气体浓度上升了,"亨利解释道,"结果证明我的猜测是对的。"

杰克翻了翻眼睛:"火山本来就充满了气体。"

"不对,浓度是不应该升得这么快的。我需要找出原因。"

"所以这就是你藏在地下室里的原因?"天天问。

"对,我需要再上一次垃圾车,但是这时候你们两个却出现了。"

"我肯定那没什么问题,亨利,"杰克坚持,"你倒是应该想办法多睡会儿觉。"

"好吧,我累了。"天天说着,打了个哈欠。

"我也是,"杰克同意,"我们走了。再见,亨利。"

亨利敷衍地挥挥手,继续研究他的气体数据。

杰克和天天恍惚地走出亨利的房间。

"你觉得亨利的推测是对的吗?这儿有什么奇怪的事在发生?"杰克问。

"我觉得亨利是闲得无聊了,他需要个任务。"天天回答。

"我也觉得。"杰克表示同意。

杰克在天天房门前跟天天告别,然后溜回了自己房间。

此刻，酒店里的客人都为了参加金星空中酒店的宴会聚集在主厅里。杰克的父母先找到了自己的桌子。他们坐在提供成人餐的一头，而杰克和他的朋友们在另一头找到了位置。杰克看到一道熔岩呈螺旋式喷出，形成一条火龙，黑色火山石变戏法似的被抛向空中。当看到满载着食物的悬停托盘在黑曜石的餐桌间来回移动的时候,他差点惊掉了下巴。

罗里第一个上前,端走了一个装满了蛋糕的盘子。米莉从罗里的盘子里拿过一个纸杯蛋糕。

"哇哦!荧光蛋糕。"她说。

"嘿!那是我的。"罗里抱怨道。

米莉把纸杯蛋糕整个送进嘴里,并吞了下去,一会儿她的肚子开始变成亮粉色。她站起来,转了个圈,大笑起来。

"反正我也不想要让自己闪着荧粉光。"罗里耸耸肩。

杰克给自己的盘子里装满了超级松脆的饼干,还有入口即化的巧克力。亨利伸向一个大碗,抓了满满一把口水爆米花。杰克在亨利把爆米花送进口之前一把抓住了他的手。他提

醒电子人上次他对口水爆米花上瘾的样子，还有他在机器人运动会上惹出的麻烦。

"我再也不想看到你的胃像上次那样爆掉了。"杰克说。

"就一小口肯定不会有问题吧？"亨利恳求道。

杰克不同意，使劲摇他的手臂，直到亨利放下了所有的口水爆米花。"不如来份水果沙拉？"

杰克拿起一块长方形的水果放进自己嘴里。它吃起来像菠萝、草莓和酸橙混合成的一种新美味。

在主厅前方一个缀满钻石的桌子后面，瓦莱丽出现了，脸上又挂着那种面具一样的微笑。

"各位，请允许我向大家介绍金星空中酒店的拥有者，文斯·瓦默先生。"

杰克无意间看到，当她念出瓦默先生的名字的时候，她紫色的瞳孔突然变暗。他猜测那微笑背后是不是藏着什么东西。正常来说，没人可以那么久地一直保持着微笑。

屏幕又黑了。

杰克不安地看向四周，他注意到有一个小个子男人坐在中央。这时，他站起来，对着一个扩音器开始说话。他的声音撞击着墙壁，在房间里回荡，在场的每个人都可以清楚地听到。

"欢迎你们，尊贵的客人们。就像你们已经看到的，我们有最先进的酒店设施，全太阳系都找不出第二家。你们在这里看到的所有东西都是最新的设计，我衷心地希望你们在这里度过最满意的时光。我相信有我们可爱的管家瓦莱丽的精心照顾，你们会住得很愉快。

宴会开始,请享用。"

人群报以欢呼和掌声,但是杰克满脑子思考的却是他最后那句评论,他说瓦莱丽会让每个人住得愉快。回想起上次用洗手间的经历,他不由的好奇她怎么能做到照顾到每位客人,还始终保持那样的微笑。掌声停息,瓦默先生坐下来。客人们走向悬停托盘,给自己的盘子装食物。

时间过得太快了,人们酒足饭饱后,还尽力往胃里再塞最后一点美食。米莉还在发光,天天是绿色的,罗里靠着杰克,撑得动不了了。唯一一个还在做事的人是亨利,他忙着收盘子和擦盘子。

"为什么是他在收拾?"米莉问道。

"对啊,这是亨利最勤快的一次。"罗里评

论道。

天天和杰克看看彼此。他们知道亨利在找什么。他真的认为有人在用酒店的垃圾给火山"施肥"。

"我来收。"亨利对罗里说,从他那儿拿过了盘子。

亨利端着餐盘大步地走开,食物残渣堆得太高,他几乎看不见前面的路了。

"真奇怪,"罗里说,"我可不会洗盘子。这儿所有事儿都不用你做。"

"那可不太像他。"米莉也同意。

"他觉得这儿的垃圾有点奇怪。"天天解释道。

杰克看见一个客人正要把垃圾丢进垃圾槽,但是亨利阻止了她,拿走了脏盘子。杰克知道他们得做点什么了,要不然亨利会以被踢出

酒店收场的。他让天天留下跟米莉和罗里解释来龙去脉，自己穿过房间去找亨利。

大厅里满是客人，大家推杯换盏，走来走去，杰克花了至少两分钟才越过人群找到亨利。他到达房间另一头的时候，亨利已经把满满一袋垃圾扛上了肩，正弓着身子往外走。

"你在干什么？"杰克跑到他身边说。

亨利跳起来。"没……没……没什么，"他说，"我只是在帮助酒店做清洁。"

杰克对他皱起眉，这是他听过的最糟糕的谎话。

"那我来帮你。"杰克说。

直到他们来到那个充满着残羹冷炙的臭味的地下室，杰克才意识到亨利在找什么。亨利把垃圾扔进垃圾桶后，大声一喊："垃圾搬运！"然后他提醒杰克和自己一起钻进清洁柜里。藏在清洁粉、拖把和水桶之间十分拥挤，但杰克还是尽最大努力让自己保持安静。他从柜子里往外偷看，不一会儿，地下室的大门就开了，一辆垃圾搬运车倒着开进来。卡车上下来一些机器人，把装满的垃圾桶装上车后，载着垃圾飞走了。门一关上，杰克和亨利就走了出来。

"我们得弄清楚垃圾对火山产生了什么影响。"亨利说。

他告诉杰克自己的计划。杰克的第一反应是这真是个坏主意。如果被抓住了，他们会有很多麻烦的；他的第二反应是这听起来很刺激。他深吸一口气，又吐出来。

来不及阻止自己，他脱口而出："好，我参加！"

几分钟后,杰克把亨利留在地下室,自己背上了亨利给他的背包。他没花多少时间就找到了天天、米莉和罗里。他们已经离开了宴会厅,去了酒店顶楼的主题乐园,那儿有骑马活动、游戏机和各种各样的模拟装置。朋友们在玩悬浮碰碰车,他们正开着车互相

撞击着对方,想在游戏场地里把对方掀翻。杰克在游戏场地边不停挥手,想引起他们的注意。

"你去哪儿了?"天天从悬浮车上一跳下来就问杰克。米莉和罗里也跟过来。

"我现在不能说,"杰克悄声说,"但我们得走了。"

"什么?跟亨利去拖垃圾袋?不了,谢谢。"罗里说。但天天用胳膊捅捅他,他们还是跟着杰克走出了主题乐园。

杰克快速解释了整件事的前因后果,还有他们现在要完成的任务——去找一架太空直升机,跟踪垃圾搬运车。而亨利则藏在垃圾车上,那样他可以查清楚事情真相。

"什么?!"罗里喊道,"你要我们去偷一辆太空直升机?我们连怎么开都不知道。"他开始往回走，但杰克拉住了他。

"我们只是借。再说，它也没那么难开啊。既然我们都能开超级太空赛车，这个简直是小菜一碟。"

罗里看向米莉和天天。

"我们确实是赢过火箭杯太空车挑战赛的。"天天说。

"我也觉得我们能做到。"发光的米莉补充道。

罗里叹了口气："为什么我总是少数派？"

当他们来到直升机机棚的时候，事情似乎比杰克开始想的要容易些。一辆直升机的门没锁，里面也不见机器人飞行员的踪影。他们偷偷爬了进去。罗里坐上了飞行员的位置，米莉打开了控制台，天天打开后视屏幕，杰

克坐进了前视屏幕前的位置。他们准备好出发了。

刚开始,什么也没发现,杰克想亨利的计划可能不够完善。他刚准备说他们或许应该回头的时候,垃圾车出现了。是时候跟上它了!

"加速——快!"杰克对罗里说。不过话一出口,他就意识到这可能是个糟糕的主意,他们根本就不知道怎么开直升机。

罗里加速了,就在这时,直升机开始打转,越来越快。他们在往下掉。

"我觉得我要昏过去了。"米莉一边喊还一边按着按钮,拨着表盘。

杰克知道,如果他们现在弄不懂怎么开直升机,就会撞到金星滚烫的表面上。他竭尽全力地导航,正如罗里近乎疯狂地控制驾驶,而米莉几乎把直升机面板上的按钮都按了一遍。突然，他们发现直升机不再转了，它抖动着，发出呼呼声。又过了一会儿，他们才恢复了直线飞行。

"小心！"杰克喊道，"左侧的火山。"

"走起。"米莉说完拨了一下表盘。

"我觉得我已经可以控制直升机的飞行了！"罗里说着，咧嘴笑了。

在直升机上升的时候，罗里避开了他们左边的火山，但接着差点撞到了右边的一个。

"高一点！"杰克喊道。

直升机升得更高了，罗里飞过了火山。他们终于控制住了这个机器。

"垃圾车在哪儿呢？我看不见它了。"天天说，她一直看着后视屏幕，听起来有点担心。

杰克看了一下他的屏幕。"在我们左边，"他说，"我们开得太快了。罗里，我们得往回开点儿。"

罗里调转直升机,向垃圾车开去,它正向着维诺火山而去。他们紧跟着,几分钟后就到达了火山。

垃圾车在维诺火山上方停了下来,车后门打开了,一堆垃圾被直接倒进了火山口里。

"看起来他们把这里当垃圾处理场了。"天天说。

垃圾车飞走了,他们四个也准备飞回酒店去。天天盯着后视屏幕。

正当罗里准备调头的时候,天天喊道:"等等!那边有个东西。"

大家都看向她的屏幕,她说得对,有什么东西正向火山驶来。

"快!我们得藏起来。"

罗里先降低直升机,这样他们可以藏在

火山的一侧。通过屏幕，杰克看到一辆卡车进入了视线，它和其他的垃圾车一模一样。这次，不止是垃圾被扔了下去，大块的火山岩石也被一股脑倒进了火山里。

"那辆卡车是从哪儿来的？"米莉问。

"还有为什么要把岩石扔进火山里？"罗里补充。

"也许亨利是对的。如果气体浓度升得很高，火山变得危险了怎么办？"杰克说，"也许酒店也知道了这些，所以想把它堵起来，不让它喷发。"

"就像给一个要往外喷气的瓶子盖上盖子。"天天说。

"希望那有用，"米莉说，"如果维诺火山喷发了，空中酒店就毁了。"

"对啊，难怪他们要秘密操作。没人想住

在一个即将喷发的火山上方。"罗里同意。

杰克看向前视屏幕。卡车离开了,往酒店的反方向开去。

"我们能跟上它吗?"杰克说。

"燃料不够了。"米莉读着控制面板上的数字说。

"我们最好回去吧。也许可以再观察一下气体浓度。"天天说。

杰克、天天、米莉和罗里坐在果冻池里,他挖起一大勺绿色的果冻送进嘴里。大部分的父母都开着悬浮车在他们头顶飞来飞去。杰克父母的驾驶技术太差了,他们几乎撞到了每个人。他们飞得太低了,甚至差点撞到罗里的头,杰克低下头,感到很窘。此时,米莉的妈妈和继父穿着礼服,他们走路的样子看起来好像走在流沙里。

"我想知道亨利怎么想到要检查气体浓度的。"天天若有所思地说。

"我打赌他在执行CIA的任务。"罗里说。

"但是他说他被CIA'踢出来'的时候,看起来真的很沮丧。"天天说。

"那他怎么弄来这些气体检测装置的?"罗里争辩道,"这可不是正常度假会带的行李,不是吗?"

"你是知道亨利的。他可能只是觉得他可以在这儿顺便做些火山研究什么的。"米莉说。

"我真希望我们刚才能跟踪第二辆倾倒岩石的卡车。"杰克说。

"嗯……真遗憾直升机没有足够的动力了。"天天表示同意。

当他们想要弄明白的时候,亨利出现了。他扑通一下跳进果冻池,坐了下来。他举着他酒店房间里那片玻璃,不过现在上面的绿线更多了。他把它推到他们面前。

"这个清楚地表明气体浓度又上升了。"他解释道。

"哇哦,浓度真的上升了。"天天看了看玻璃说。

"我就说有人在干扰火山,"亨利说,"但是那辆卡车上只有一个机器人。一定有别的人在操纵这个计划。"

"实际上,我们觉得是有人不想让火山喷发,拯救酒店。"天天说。

她向亨利解释了他们的想法。电子人睁大

了眼睛,眼珠子都要瞪出来了。

"有什么问题吗,亨利?"米莉问。

"一个即将爆发的火山就像一个猛烈喷气的瓶子,就像你说的。但是把火山口堵上并不能阻止它喷发,里面仍然在聚集压力。"

"你在说什么啊?"罗里听不太明白。

"把火山想象成一个装满气的瓶子,岩石就是那个盖子,火山气体就像瓶子里的气泡。当你摇瓶子,然后打开盖子,会发生什么?"

"会爆出来,到处都是。"罗里说。

"对。我认为那也是他们现在正在做的事情。他们要聚集气体,然后去掉塞子,嘭!火山喷发!"

"你怎么知道的?"罗里嘲讽道。

"气体浓度在不断地上升,那意味着火山就要爆发了。"

每个人看起来都被震住了。每个人，除了罗里，他皱着眉头好像刚刚听了个糟糕的笑话。

"CIA告诉你的？"他嘀咕道。

"我宣誓过保密的。"亨利说完就闭紧了嘴巴。

罗里给了其他人一个"我早就说过了"的表情。杰克开始有点生气了，他一直以为亨利真的因为没有任务很沮丧，还为他感到难过。

"所以你真的有任务在身！"他生气地说。

"好啦，好啦，我有。"亨利回答。

"那就是说，你开始是假装你自己被'踢出来'了。"

亨利看起来很惊讶："不，那部分是真的。是我跟CIA联系后，告诉他们气体浓度上升的时候他们才临时给了我任务……"

"我们不相信你。"罗里打断他的话。

"这是真的!"亨利喊道。

"那你怎么会有全套的气体检测装置?"

"我一直都对火山感兴趣。"

杰克皱着眉。

"好吧,"亨利说,"我应该自己执行这个任务。反正也不需要你们的帮助。"他从果冻池摇摇摆摆地爬起来,气愤地走开了。

天天和米莉怒视着男孩子们。

"干什么?"杰克说。

她们抱着手臂。杰克知道她们觉得他刚才对亨利太刻薄了。也许他确实有点。也许亨利那么生气地走了是因为他说的都是真的。

杰克叹了口气:"我去找他,跟他道歉。"他说。

"我们也去。"女孩们说。

"我觉得我最好也一块儿去。"罗里哼唧道。

四人从果冻池爬出来，然后一步一滑地离开了游乐场。

找亨利不难。他甚至都懒得用空气清洁器吹掉身上的果冻，于是留下一串歪斜的湿答答的足迹。

果冻脚印把他们带到了地下室。杰克推开门，门没锁。他们悄悄溜了进去。亨利甚至都没注意到他们来了。他正忙着打开垃圾搬运车的门。他伸直手臂，打开了特殊的控制面板。他找出一根小棍子，很快就打开了驾驶员那侧的门，然后扫了一眼卡车里面。

"你在干什么？"杰克用气声问。

亨利被吓了一大跳，头猛地撞上了门框。

他摸着头,转了过来。

"没什么。"亨利说。

"我很抱歉,之前没有相信你。"杰克说,"你……老实说,你确实有保守CIA任务秘密的习惯。"

"那也许是真的,"亨利慢慢说,"但是对感情,我永远是诚实的。我没法掩饰那个,这也是我的构造里不幸的部分。"

就在这时,杰克听到外面传来说话声,接着又传来脚步声。

"哦,不!"亨利说。

"我可不想在这儿被抓住。"天天说,"我们肯定会被赶出酒店的。"

杰克也同意,回想起上次他们乘着直升机去探索火山的时候瓦莱丽生气的样子。他听到说话声变得更大了,脚步声也停下了,然后

又继续响起来。杰克听到一个女人的声音,她在说果冻足印的事。听起来是瓦莱丽声音。然后一个男人和她争吵起来——是文斯·瓦默,酒店的拥有者。他们越来越近,现在声音听起来离得非常近了。

"我们现在怎么办?"米莉小声问。

亨利指指垃圾桶。

"你不会是认真的吧?"罗里压低声音说,"那是不可能的!"

"不会在里面待很久的。"亨利说。

"我觉得咱们没有太多选择,除非你想被抓住,"杰克说,"没有别的路可以出去。"

杰克跑到一个空垃圾桶前,他打开盖子,爬进去,又关上了盖子。里面很黑,而且比用他的运动袜捂在他鼻子上还臭。他想尽量不呼吸,但是那是不可能的。他试着用嘴呼吸,

但是那令人作呕的味道始终包围着他。他现在只想知道吸入太多恶心的气体会不会导致死亡。

罗里、米莉、天天和亨利各自爬进了一个垃圾桶，杰克听到四次垃圾桶盖子开关的声音。地下室的门打开了，他们之前听到的声音变大了，是文斯在和瓦莱丽说话。

"马上把这些垃圾弄走。"他咆哮。

"好的，文斯先生。"瓦莱丽静静回答。

"我不想再看到像刚才走廊里那样的脏乱差。"文斯说，"所有的垃圾必须如我命令的那样直接倒进火山。"

门嘭地关上了，听上去好像文斯离开了地下室。杰克可以听到瓦莱丽在低声嘀咕着什么。难怪她不高兴，特别是文斯用那样的方式跟她说话，他有点为她感到难过。但是现在

更让他操心的不仅是垃圾桶的恶臭,还有,他开始抽筋了。如果他们被发现藏在里面就糟糕了。

杰克听到瓦莱丽来回走动着,他想知道她在做什么。脚步声又响起,然后停了几秒。接着,他藏身的垃圾桶被推倒了,然后他被滚到了一个地方。他听到其他垃圾桶也被推倒,被滚到了一边。他咬着嘴唇才不让自己喊出声来。他可不希望现在被抓到。他怎么解释自己藏在一个垃圾桶里,或者为什么来到酒店的地下室?

然后他不再转了,垃圾桶又被拉正。他听到引擎启动的声音。哦,不!我被装进了垃圾车!他想。随后,他感到自己起飞了。他和他的朋友们还藏在垃圾桶里。杰克知道现在他们真的有麻烦了。卡车正向维诺火山开去,他们都要被扔进去了……

没过多久，他就觉得卡车停住了。他听到一些声音，然后嘭的一声。他想打开垃圾桶的盖子看看外面发生了什么，但是又觉得那太冒险了。他必须静观其变。是忽然变热了吗？他又感到垃圾桶开始动了。哦，不！杰克希望他不是要被倒进火山了。他又被推倒了，

然后他感到垃圾桶又被滚起来。他肯定,自己将要和其他垃圾一起被倒进火山里。

但接着他就不再转了。垃圾桶的盖子被打开,杰克看到了亨利微笑的脸。他慢慢爬出来,眨眨眼睛,让眼睛适应外面的光线。天天、米莉和罗里也从垃圾桶里爬了出来。

"我们在哪儿?"罗里问。

他们在一个巨大的房间里,墙面完全是由黑曜石做的,闪着黑色的光芒。房间看起来像个实验室。里面有投影黑曜石屏幕,上面有霓虹激光向四面八方上下移动。有个自动笔在绘图板上记录着信息,还有各种玻璃罐子装着各种奇怪的液体和粉末。一个巨大的缸里有什么东西在冒着泡,工作台的上方挂着一些空金属罐。杰克听到了脚步声。

"瓦莱丽肯定先把垃圾桶带到这儿,再

装上那些要扔进火山的岩石,"亨利小声说,"快!我们得藏起来。"

别再来了,杰克想。

在实验室的另一头有一个小门。杰克和他的朋友们跑过去,打开门,藏到了里面的房间里。那里又黑又冷,架子上排列着各种容器。杰克打了个冷战,他意识到他们肯定是进了冷藏室。他正要带其他人出去,就听到有人走进了实验室。已经来不及藏到别的地方了。好极了!他现在被困在了一个奇怪的科学实验室的冷藏室里,外面还有一个疯女人。这跟他本应该做的事情——在金星空中酒店里尽情享受假期——完全相反。不过至少他现在没被扔进火山里活活烧掉。

杰克踮起脚尖,从门上的小窗往外偷窥。他看到了瓦莱丽,她正站在机器人旁边。他们

都穿着实验室外套，戴着护目镜。但是她在这儿做什么呢？还有这个化学实验室又是用来做什么的呢？

杰克转身想告诉伙伴们他看见的东西，回头看见天天牙齿不停地打颤，米莉抱着手臂取暖，罗里不住地蹦跳着，杰克希望他们不会被困在这儿很久。他再次往窗外看。机器人走到工作台边，拿起金属罐，给金属罐里装了一些粉末和一满杯黏胶状液体，然后盖上盖子，把它放到了一边。它要去装另一个罐子，但似乎粉末用完了。它给瓦莱丽看看空的容器，她走向机器人。杰克听不到他们在说什么，但是瓦莱丽看起来很生气，她向空中挥舞着手。机器人跟着瓦莱丽走出房间。现在是他们逃走的最好机会。

杰克试着打开门，但是它紧紧关着。他更

用力地拉门，门还是纹丝不动。他把亨利叫过来，他有电子人特有的怪力，如果谁能打开这个门，那只能是他了。但是连亨利也打不开。杰克有点慌了。他们该怎么办？他们被反锁在里面了。就算他们出去了，谁知道瓦莱丽和她的机器人会对他们做什么呢？但是如果他们继续待在冷藏室里，他们会冻死的。杰克开始思考冻死要多长时间，又或者他们会不会先饿死？他回想着学校的求生训练。如果没有水，是不是最多只能活三天？

天天摸了一圈房间的墙壁说道："这儿没有别的出口。"她宣布。

"也许我们可以打碎窗户？"罗里建议。

杰克环顾房间。"这儿没有工具能做那个。"他说。

他的眼睛适应了昏暗的房间，他可以看

到容器上的标签写着"机油""黏合剂""塑化剂"。

"这些是做什么用的?"他问。

"这些是制造炸药需要的材料,"亨利解释,"我怀疑这就是他们在这个实验室里做的事。"

"他们在做炸弹?"米莉惊叫。

亨利缓缓点点头。

"所以他们计划引爆火山?"杰克喊道。

"一旦垃圾和岩石的堵塞被去除,火山就会喷发。"亨利说。

杰克希望他早点听亨利的。现在他们被困在了这儿,对阻止火山喷发什么也做不了。

"我们该怎么办?"米莉带着哭腔。

"在找到解决办法之前,我们要保存能量。"亨利说。

罗里为亨利这个毫无建设性的建议十分不满，但是太晚了。亨利已经关闭了自己的电源。

杰克和朋友们坐下来，在角落挤成一团取暖。他们只能等，希望有人能发现他们，就算那个人是瓦莱丽。

晚些时候，当杰克已经冷得感觉不到自己的手指和脚趾的时候，他听到了一个声音。他让罗里打开亨利的开关。

罗里不情不愿地打开亨利的开关，亨利的眼睛翻开了。

"哈？我们在哪儿？"他说。

杰克提醒亨利刚才发生的事情，然后站起来，拖着脚走到窗边，往外看。

"你看到了什么？"米莉问。

杰克看到机器人向他们这边走来，带着个空罐子。

"机器人向这边来了。"

亨利捡起一个标记着"塑化剂"的容器。他提醒其他人往后站。机器人来到门边,打开了门。它看到亨利和他那些近乎冻僵了的朋友们的时候,退了几步,转身大喊:"入侵警报!入侵警报!"

亨利抓住时机,夺过容器猛打机器人的头。机器人晕了,跌跌撞撞地转着圈。杰克和朋友们跑了出去。他们穿过房间向出口跑去。瓦莱丽看到这一切的时候嘴张得大大的,却叫不出声。最后她终于叫出声来,对机器人大喊:"抓住他们,你这个白痴!"

恢复了平衡的机器人和瓦莱丽一起紧紧追赶着他们。杰克拧开了实验室的门。

"快!去垃圾车上!"亨利喊。

唯一的问题是,谁也不知道垃圾车在哪

儿，因为他们是从垃圾桶里被"倒"到实验室来的。杰克希望亨利现在清楚自己在做什么。电子人往两边看看，实验室外左右各有一条长长的空空的走廊。亨利跑向左边，杰克跟着他，只能希望亨利可以找到离开这里的路。大家紧跟着亨利跑。瓦莱丽的声音回荡在走廊里。

"抓住他们！抓住他们！"她对机器人尖叫。

杰克回头看，瓦莱丽和机器人就要追上他们了。如果他们还不能马上离开这个地方，他们就要被抓住了。杰克的心跳得很快，但他还是继续跑着。他看到了前方有一个门，他希望那是一条出路，这是他们唯一的机会。亨利到达走廊尽头，推开门。他们进入了

一个巨大的机棚,这里也是由闪光的黑色石头建造的。里面有两辆垃圾车,他们钻进了黑色的一辆,亨利驾驶。

"你知道怎么开这玩意吗?"罗里说,他坐进副驾驶的位置。

"我有开各种不同交通工具的程序。"亨利回答道。

"呼!"天天说着,坐到后视位置。

"垃圾车不是其中之一,但我想我可以。"亨利补充道。

"很好。"罗里边喘气边说。

杰克坐到前视位置。

米莉慌乱地看向控制板:"我甚至不知道哪个按键是启动键。"

"你最好快点找到它。"天天焦急地说,"机器人和瓦莱丽就在我们后面。"

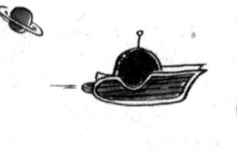

米莉按下一组按钮,但是车没动。然后她看到控制板中央有个大的黑色按钮,她试了试。垃圾车发出了呼呼的声音。

"他们追到垃圾车边了!"天天喊,"起飞!起飞!"

杰克看向天天的屏幕。她说得对,机器人已经抓住了垃圾车的后面。他们开始飞离地面的时候,它还抓着不放。通过天天的屏幕,杰克看到它的金属手指抓着后面的减震器。

"高点!"杰克尖叫。

垃圾车飞得更高了,机器人的手指不见了。好险!

他们飞出了停机棚。杰克通过前视屏幕往外看,不知道他们现在在哪儿,但是他知道必须回酒店去,尽快!他们要在瓦莱丽引爆火山之前警告大家。飞到实验室的上方时,杰

克才看清楚他们刚才是在一个巨大的黑色城堡里,像是恐怖故事里女巫的城堡,全黑色,凸向四面八方的粗糙岩石块让它看起来疙疙瘩瘩。那儿没有窗户,顶上还有个尖塔,就像童话故事里关着公主的地方。塔尖上有一块高耸的石头上面插着一面血红色的旗,上面写着"V"。"V"就代表瓦莱丽,杰克猜。现在他们就要飞过它了。

"哇哦!拉升!拉升!"他尖叫。

亨利迅速拉起车身,杰克听到了金属刮擦的声音,就像火车撞进车站。垃圾车底部撞到了塔顶的旗杆。

"对不起!"杰克轻声说。

他瞥了一眼,看到米莉疯狂地按着按钮。

"哦不!"她喊。

"怎么了?"杰克也喊。

"我们肯定撞到燃料箱了,"她说,"燃料量在急速下降!"

"怎么办?"

"我不知道!"米莉回答。

"我们的燃料够回到酒店吗?"罗里问。

"我们甚至都不知道酒店在哪儿。"杰克说。

"伙计们,"天天打断他们说话,"我们还有另一个问题。瓦莱丽和机器人开着另一辆垃圾车跟着我们,他们就要赶上我们了。"

"我有办法,"亨利说,"罗里,你来开车。"

"这就对了,"他咕哝着,"当我们没有燃料又快要被坏蛋抓住的时候,让我来开。"

"那好,"亨利说,"你出去塞上燃料箱,我开车。你看怎么样?人类。"

在如此紧张的时刻，杰克还是忍不住笑了，罗里看起来比发现自己的三明治里有一只太空虫还要吃惊。但是杰克有些喜欢这样的亨利，他第一次这样为自己还嘴。他回头看亨利，一个像用来疏通厕所的撅子一样的东西从他胳膊下伸了出来。

"我去用这个塞上燃料箱的漏洞。"亨利声称。

"能管用吗？"天天问。

"只有一个办法能知道这个问题的答案。"亨利回答。

他们靠着亨利堵着卡车底部的燃料箱在金星上快速飞行，瓦莱丽的垃圾车紧紧跟在后面。没有人知道他们在哪儿，杰克觉得他们最终不是被瓦莱丽抓住，就是耗尽燃料，永远消

失在太空里。他不确定哪个更糟糕。他们继续飞越在金星表面,杰克盯着前视屏幕。然后他看见了它——维诺火山。

瓦莱丽就在后面不远处,他们不可能回到酒店了。

"他们就要追上了,"天天喊道,"你还能快点吗?罗里!"

"我已经开到最快速度了。"他回答道。

"等等!我想我找到推进器了!"米莉说。

她按下控制面板上的一个按钮。垃圾车向前冲了一下,然后停了几秒。杰克想他们肯定难逃一死了,然后他被猛地往后压到椅背上,垃圾车加速向前冲去。

"你做到了!"杰克喊道。

米莉如释重负地微笑起来,罗里向右绕开火山,然后向上飞升。酒店出现在视野里,这时天天尖叫起来。

"他们就在咱们尾部,"天天喊道,"他们也加速了。"

她话音刚落,垃圾车猛地一顿,抖动起来。

"怎么了?"米莉喊道。

杰克和天天都无助地盯着自己的屏幕。

"我什么也看不到了。"天天说。

但是杰克可以。瓦莱丽的车开到了他们的前面,抛出了一条拖车索钩住了他们的车,拉着他们向上、向上、向上。

他们被抓住了。

10

杰克和他的朋友们被拖回了城堡，又一次被扔进了瓦莱丽的实验室。她让机器人把他们全绑上，这样他们就不能再逃跑了。机器人发现亨利时，他还在紧紧塞着垃圾车的底部。杰克想挣脱绑绳，但是没有成功。他们哪儿也去不了，瓦莱丽看着他们，机器人忙着制作炸药,而瓦莱丽站在五个孩子面前。

"你们是谁?从哪里来?"瓦莱丽厉声问道。

她面具般的笑还挂在脸上,即使她说话的样子很愤怒,眼睛里也闪着深紫色的光。

"我们只是酒店的客人。"米莉声明。

"我不喜欢客人们打乱我的计划!"瓦莱丽咆哮。

"引爆火山的计划?"天天高声说。

"你是怎么知道的?"瓦莱丽看起来很吃惊,虽然微笑还挂在脸上。

"你永远也不会成功的!"杰克轻蔑地说。

"谁能阻止我?"她自信地说,"很快炸药就会被扔进维诺火山。一旦堵塞物被炸开,火山就会喷发,而空中酒店就毁了。"

这就是亨利说的。一旦盖子从火山上揭

掉,就会出现大爆发。

"你为什么要毁掉你工作的酒店?"米莉不解地问。

"亲爱的,因为我在做酒店所有的工作,而文斯获得所有的酬劳。"

"但是你会失业的。"杰克说。

"我是第一个创造酒店的人,直到文斯接管,"她恨恨地说,"我应该是管理者,而不是雇员。"

"如果它被毁了你就没法管理了。"天天反驳道。

"但是我会成为金星神秘酒店的新主人。这次它会真正成为我的酒店,没有人可以接管它。"瓦莱丽向后甩甩头,大笑起来。

"你不是说这个丑陋的城堡吧……"米莉说。

"这是我亲手建造的城堡,只有一个小机器人的帮助!"瓦莱丽厉声喝道,"别让我不高兴,否则我亲自把你丢进火山里。"

"我们的父母现在肯定已经开始找我们了。我们已经失踪好几个小时了。"天天说。

"哦,你的小脑袋就别担心那个了。刚才在回城堡的路上我发出了一条特殊的酒店公告,说下午你们会参加酒店的游戏。"

杰克安静地坐在那儿,试图想出阻止瓦莱丽的办法,但是他没有主意。几分钟后,机器人停止了炸药制造。没时间了。

"现在,回酒店去。文斯永远也不会料到今天可不是个普通的倒垃圾日。"

瓦莱丽把绑着的孩子们赶回车上。机器人踩着重重的脚步跟在后面,带着炸药。他们都完蛋了!瓦莱丽把垃圾车开回酒店,停在地

下室。机器人打开垃圾车后门,小心地把炸药搬了出去。杰克无助地在卡车后面看着。

"设置炸药。"瓦莱丽把手伸给机器人。

机器人给瓦莱丽手上戴的像手表一样的装置输入一串数字,然后把炸药装进一些空垃圾桶,并用垃圾盖上。它盖上盖子,然后把垃圾桶装回垃圾车,炸药计时器就放在杰克和他朋友们的前面。

瓦莱丽看看她手腕上的装置:"20分钟后我就是这颗行星上一家新酒店的主人了。我要在永远离开这个讨厌的地方之前去收拾一下我的东西。"

她转身走了,命令机器人跟着她。

"你可以帮我带些东西到垃圾车上来。"她说。

她刚一离开,亨利就行动起来。瓦莱丽根本不知道他们中有一个是电子人。他抖开手臂上的控制面板,一个微型锯弹了出来。他用它割断了绳子,然后他那电子人的手指如幻影一般,迅速解开了其他人的绳子。杰克感到他的手重获自由,他甩了甩,又跳了跳。

"现在怎么办?"米莉问。

杰克有个主意。他跑向清洁柜,指着排在里面的装粉末的桶。

"这个东西怎么拯救我们?"罗里不明白。

杰克快速地向大家解释他的计划。如果他的计划要起作用,他们必须动作很快。

大家都同意,这是唯一的办法。

他们完成准备工作后,亨利又假装把他们绑了回去,让绳结松着以便一会逃跑。亨利刚

刚把自己绑好，地下室的门就开了。

瓦莱丽看了一眼垃圾车后面，看见他们还像她离开前一样被绑在一起。她穿着一条长裙，闪着和丑陋的城堡一样的黑色光芒。长裙盖住了她的全身，只露出手和脸。她涂了唇膏和指甲油来配她的装扮，她那苍白的肤色在黑色的衬托下显得更加邪恶。

机器人进了垃圾车，胳膊上挂着装满她东西的盒子。

"坐在那儿，"她命令道，"现在，我们来摧毁这个地方。"

不一会儿，垃圾车起飞了，他们向着维诺火山开去。杰克觉得现在比让他列队准备开始太空车挑战赛还紧张。他们停在一个火山口上，瓦莱丽命令机器人开始准备。它举起一个垃圾桶，然后皱皱眉，又放下了。杰克努力不让自己表现得异常，但是他开始担心机器人是不是发现有什么不对劲了。

"你还在磨蹭什么？"瓦莱丽尖叫道，"赶快！"

"有个问题。"机器人说。

杰克看了一眼天天，她看起来和他一样紧张。如果瓦莱丽现在发现了他们所做的事，他们可能就是先被丢进火山的垃圾。

"什么问题？"瓦莱丽说。

"盖子没有密封。"它说。

"哦，你这个蠢货，"瓦莱丽喊道，"那有什么关系？反正一会全都要丢下去。"

"还有……"

"快扔下去，否则你就进火山了！"瓦莱丽厉声打断他的话。

杰克可以猜到机器人刚才要说什么，拥有电脑程序的它可以感觉到垃圾桶太轻了。瓦莱丽这么缺乏耐心实在是件幸事。

机器人把垃圾桶依次丢进火山。瓦莱丽看着垃圾桶被丢进火山,高兴得上蹿下跳,像个孩子一样拍着手。这时,亨利趁机溜进了垃圾车前面。一眨眼的功夫,他又回来了,然后冲杰克眨了眨眼。

"五分钟后炸弹就会爆炸,火山会喷发,空中酒店就再也不存在了。"最后几个垃圾桶被扔下去的时候,瓦莱丽说。

她命令机器人飞回城堡。

"我最好回去为我的客人们准备好更新、更先进的酒店。我可不想他们在那个可恶的空中酒店烧成残渣后没有地方可去,是不是?"她大笑着,坐在机器人后面,然后转向杰克和他的朋友们:"看!我已经有第一批客人了。"

她又发出那可怕的笑声。杰克觉得自己的

胃也像火山一样流动着灼热的岩浆。如果他们不能及时阻止瓦莱丽，他们的父母都会被困在着火的酒店里。他看看他的朋友们，他们看起来和他一样担心和害怕。不过他知道自己必须保持冷静。如果做不到，他就不能足够清晰地思考，实施他的计划，智胜瓦莱丽。

机器人试着发动垃圾车的引擎，但是车子没动。它按下控制面板上的按钮，但是车子只发出了微弱的嘶嘶声。

"为什么不动？"瓦莱丽厉声问，"快开动，否则我们会被火吞掉。"

"好像是引擎有问题。"它说。

"好吧，修理它，现在！"

机器人又按了同样的按钮，还是什么都没发生。杰克知道他不能表现出他的紧张情绪。他不希望瓦莱丽怀疑他们和引擎故障有任何关系。他从后视屏幕往外看,星星们闪着红光,就像小小的红宝石。那本应该很美,如果他现在不用担心万一计划不奏效后他们的壮烈牺牲的话。他们五个静听着瓦莱丽对机器人咆哮。

"呃,打扰一下。"杰克打断他们的对话。

"什么?"瓦莱丽凶巴巴地说。

"看起来好像引擎出现故障了。"他说。

"我知道,"瓦莱丽生气地说,她看着自己的手表,"距离爆炸只有2分40秒了。"

"我建议你最好让机器人现在出去修一下引擎,否则我们都会被炸成碎片的。"杰克说。

"出去看看是什么问题!"她对机器人喊。

机器人眨眨眼睛,穿过孩子们走向垃圾车

后面。瓦莱丽开始紧张地来回踱步。现在该亨利表现了。机器人刚要走出去,亨利就挣脱了自己的绳子,抓住机器人的腿,把他举过头顶。看到这一切,瓦莱丽跑到后车厢去阻止。

"不!"瓦莱丽喊道。

太迟了。亨利抛出了机器人,它飞出了垃圾车,消失在翻滚着灸热岩浆的火山口里。瓦莱丽的眼中燃起怒火。

"那个机器人足足有一吨重,"她对亨利尖叫,"你怎么可能举得动它?"

"我叫亨利,"他简单地回答,"我是个电子人,我有发动引擎的开关。"他举起一个引擎部件。

"是你故意弄坏了引擎?"她喊道,恐慌地看看手表,"但是我们距离爆炸只有1分钟了。"

"那你现在最好让我们控制这辆车,"亨

利说着把开关举到面前,"大家都同意吗?"

就在这个时候,杰克挣开了绳子,米莉、天天和罗里也同样做了。瓦莱丽的脸在她的黑色长袍里看起来更苍白了。

"好吧,好吧。只要在火山喷发前,让我从这儿出去。"

"最好把你也绑起来,我们可不希望你跑掉。"杰克说。

瓦莱丽低声咆哮,但是当米莉和天天抓住她的胳膊,用她绑他们的绳子紧紧地绑住她的时候,她并没有挣扎。

"距离喷发还有10秒。"亨利说着把开关装了回去。他没有起飞,反而在火山上盘旋。

"9、8、7……"杰克和他的朋友们继续数着。

"快点你们这群傻瓜!"瓦莱丽大喊。

"2、1……"

"不!"瓦莱丽尖叫。

朋友们互相微笑,什么也没发生。

"火山没有喷发?!"瓦莱丽惊讶地说,"你们在戏弄我,到底是怎么回事?"

"是你的计划,你为什么不跟她解释一下?"亨利对杰克说。

杰克简单地告诉她亨利之前在酒店已经切断了他们的绳子,以及他们如何用清洁柜里的清洁粉换掉了炸药。亨利拆解了炸药,现在它们被安全地锁在清洁柜里。最后,亨利从卡车前部取下了引擎启动器,这样瓦莱丽会以为他们都会被炸掉,就会乖乖按他们要求的做。

当杰克愉快地告诉了瓦莱丽不会有任何火山喷发后,他听到了一辆太空车的声音。他看向前视屏幕,一辆熟悉的流线型的银色太空车出现了。

"刚刚好。"杰克说。

几分钟后,CIA特工布里和威尔登上了卡车,还有另外一个特工跟他们一起。一个矮个子的女人带着袋子和公文包,跟在他们后面爬上车,脸比火星还红。

威尔转向那个女性特工:"你带手铐了吗,下士?"

"当然。"她微笑着回答。

"那么就赶紧拿出来。"他不高兴地说。

那个特工笨拙地摸索袋子,杰克有点为她难过。看起来做一个CIA的初级特工不怎么有趣。

当那个特工夹着公文包,又手忙脚乱弄掉了手铐的时候,布里看着被擒住的瓦莱丽微

笑着。

"谢谢你的警告,亨利。我们以最快的速度赶到了这里。"布里说。

"不过看起来你们把一切都搞定了。"威尔补充。

伙伴们努力不发出牢骚声。

"就连我都知道这是个很糟糕的笑话。"亨利说。

布里和威尔让初级特工铐上尖叫的瓦莱丽,把她带上了CIA的太空车。特工忙着感谢杰克和他的朋友所做的一切,这时初级特工回来了。

"老大,她被安全带上车了。"初级特工说。

威尔对她点点头。

"干得好,孩子们,"布里对杰克和他的朋

友们说,"现在只有一件事要做了。"

布里打开她的公文包,抽出一个金刚石钻头,并把它递给初级特工,初级特工拿在手上皱着眉头来回地看。

"你需要在火山的侧面钻出一些孔,让它慢慢释放压力。等安全后,我们可以用太空车的抓手清除掉堵塞的岩石。"

"哦,但是,那个难道不会有点危险吗……对我来说?"初级特工说。

"对一个CIA特工来说,没有什么是危险的事。"威尔厉声说,"我们一会就把你放到火山侧面。"

初级特工不高兴地接过钻头,慢慢走回太空车去。

布里转向杰克和他的朋友们:"谢天谢地,你们及时发现了瓦莱丽的阴谋。我们还以

为是文斯在扰乱火山。"

"是的,我们一定会对你们的贡献给予奖励。"威尔补充。

"可是他为什么把垃圾扔进维诺火山?"杰克说。

"对啊,如果你问我的话,那是个很蠢的行为,"罗里同意,"他会点着他自己的。"

"是的。文斯·瓦默是想通过把垃圾丢进火山熔炉里降低处理垃圾的成本,"布里解释道,"看起来我们的金星居民需要接受一下不规范的垃圾处理的危险性教育。"

"保持联系,"威尔说,"玩得开心!"

亨利也跟他们挥手再见,转身要跟特工们上太空车。

"你要去哪儿?"威尔问。

杰克看到亨利脸上一片迷茫。难道他说的

是真的吗？他真的被踢出了CIA？

"我想……"亨利说。

"你想错了，"威尔说，他的脸上浮现出微笑，"在你回来工作之前，你最好先和你的朋友们享受完假期。"

亨利也回之以微笑，在垃圾车上又坐了下来。

特工们飞走后，五个朋友在垃圾车上坐回了自己的位置上。米莉打开了飞行控制台，罗里和亨利带他们开回酒店，而天天和杰克负责前后观察。

他们笨拙地降落后，一路沿着走廊跑向游乐场。他们的家人都围坐在一起，一看到孩子们，立刻站了起来。

"你们离开太久了，"杰克的妈妈说，"我

们已经开始担心你们了。"

"啊,那个游戏时间太长了。"杰克微笑着回答道。

其他人也都大笑起来。确实是的。

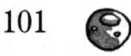